Alfred Erichson

Das Marburger Religionsgespräch über das Abendmahl im Jahr 1529 nach ungedruckten Strassburger Urkunden

Antigonos

Alfred Erichson

Das Marburger Religionsgespräch über das Abendmahl im Jahr 1529 nach ungedruckten Strassburger Urkunden

Unveränderter Nachdruck der Originalausgabe von 1880.

1. Auflage 2024 | ISBN: 978-3-38692-328-6

Antigonos Verlag ist ein Imprint der Outlook Verlagsgesellschaft mbH.

Verlag: Outlook Verlag GmbH, Zeilweg 44, 60439 Frankfurt, Deutschland, info@outlook-verlag.de
Vertretungsberechtigt: E. Roepke, Zeilweg 44, 60439 Frankfurt, Deutschland
Druck: Libri Plureos GmbH, Friedensallee 273, 22763 Hamburg, Deutschland

Schriften
des protestantischen liberalen Vereins
in Elsaß-Lothringen.

XV.

Das
Marburger Religionsgespräch

über das Abendmahl

im Jahr 1529

nach ungedruckten Straßburger Urkunden

von

A. Erichson,

Direktor des theologischen Studienstifts St-Wilhelm.

Straßburg,
Druck von J. H. Ed. Heitz, Schlauchgasse, 5.

1880.

Inhalt.

XV.

Das

Marburger Religionsgespräch

über das Abendmahl

im Jahr 1529.

> Die Nachwelt wird einst über unsere
> Streitlust lächeln, mit welcher wir, wegen
> des Zeichens der Eintracht, so viel Zwiftig-
> keiten erregen.   W. F. Capito.

Vom 1. bis 5. Oktobertag, vor 350 Jahren, bot die Stadt Marburg in Hessen einen Anblick dar, welcher für unsere Zeit befremdend wäre. Ein weltlicher Fürst, der Landgraf Philipp, hatte daselbst die Väter und Begründer der evangelischen Kirchen in Deutschland und in der Schweiz, Luther und Zwingli nebst ihren hervorragendsten geistigen Mitarbeitern, zu sich auf sein festes Schloß zu einem „Gespräch" eingeladen.

Und welches war der Gegenstand dieses Gesprächs? Eine theologische Frage, die Lehre vom heiligen Abendmahl, die seit Jahren diese Männer und ihre Kirchen entzweite.

Der Landgraf von Hessen hoffte, daß eine persönliche Verhandlung zwischen den streitigen Gottesgelehrten eine Aussöhnung herbeiführen würde.

Gewöhnlich, wenn man auf den Wandbildern Luther, Zwingli, Melanchthon und Andere so einträchtlich beisammen sieht, ist man geneigt zu glauben, daß dem auch also in Wirklichkeit gewesen. Wer aber die Geschichte kennt, der weiß, daß die Reformatoren Deutschlands und der Schweiz gerade in dem Punkte nicht übereinstimmten, welcher, wie man meinen sollte, für alle Bekenner Jesu als der rechte Einigungspunkt anzusehen ist. Wer kennt nicht das schöne Lied Zinzendorf's:

> Der du noch in der letzten Nacht,
> Eh' du für uns erblaßt,
> Den Deinen von der Liebe Macht
> In's Herz geredet hast:
>
> Erinn're deiner Gläub'gen Schaar,
> Die sich so leicht entzweit,
> Daß deine letzte Sorge war
> Der Glieder Einigkeit.

Warum wollen wir in unsern Tagen, wo es des Haders in der Kirche genug gibt, auch noch die Erinnerung an jene alte theologische Fehde auffrischen, und die Hauptscene dieses Trauerspiels, wie man das Marburger Religions=

gespräch genannt hat, unsern Lesern vor die Augen füh=
ren? — Weil die Geschichte die Lehrmeisterin der Völker
ist, und es für Manchen von Nutzen sein kann, zu er=
fahren, welches die religiösen Vorstellungen unsrer Vor=
fahren waren, und durch welche Schrift= und Vernunft=
gründe sie dieselben zu beweisen und gegen abweichende
oder gegnerische Ansichten zu vertheidigen suchten. Das
350ste Gedächtnißjahr der Marburger Verhandlungen bietet
uns dazu eine passende Gelegenheit.

Ein volles Dutzend von Berichten, die von Augen= und
Ohrenzeugen herrühren, liegen vor. Wir schließen uns in
unserer Schilderung aber hauptsächlich an die noch unge=
druckten Mittheilungen an, welche die beiden Straßburger,
Kaspar Hedio und Martin Butzer, über das Ge=
spräch hinterlassen haben, weil ihre Berichte am wenigsten
bekannt sind und es für unsre elsässischen Leser ohne Zweifel
von Interesse sein wird, zuverlässige Stimmen aus dem
Elsaß selber zu vernehmen. Am meisten kommt hier das
Tagebuch in Betracht, welches der Domprediger am hiesigen
Münster, Dr. Hedio, unter dem anspruchslosen Titel:
„Reise von Straßburg nach Marburg, in Sachen des
Abendmahls", in lateinischer Sprache verfaßt hat.[1]

1 Dieser Bericht, welcher in einer nicht weniger als 12 eng ge=
schriebene Folio-Seiten umfassenden Abschrift, von Oseas Schadäus
Hand, auf der ehemaligen Bibliothek des protestantischen Seminars
in Straßburg aufbewahrt wurde, wäre durch den Brand von 1870

I. Die Veranlassung und die Veranstaltungen zur Zusammenkunft.

Es handelte sich, wie bereits angedeutet, um die Lehre vom Abendmahl oder vom „Nachtmahl des Herrn".

Luther hatte sich bekanntlich von der katholischen Auffassung losgesagt, welche in dieser heiligen Handlung ein Opfer und eine Verwandlung des geweihten Brodes und Weines in den Leib und das Blut Christi annimmt; er lehrte, daß der wahre Leib und das wahre Blut des Herrn wirklich, räumlich in dem Abendmahl gegenwärtig seien und mündlich genossen werden, obgleich Brod und Wein nicht verwandelt werden.

Zwingli hingegen wollte im Nachtmahl nur das Gedächt=niß an den Tod Jesu erblicken; die Einsetzungsworte: das ist mein Leib, das ist mein Blut, verstand er im Sinne von: das bedeutet. Christus, so lehrte Zwingli, habe an ein leibliches Essen seines Fleisches und Blutes, was auch der Vernunft widerstrebe, nie und nimmer gedacht, sondern unter diesem Essen nichts anderes verstanden, als das Glauben der Seele, daß Christus ihr Heil sei.

für uns verloren, wenn nicht Hr. Prof. Baum dieses Dokument, wie so viele andere, zur Zeit hätte abschreiben lassen. Diese Kopie von Hedio's : « Itinerarium ab Argentina Marpurgum super negotio Eucharistiæ», befindet sich in der großartigen Sammlung von Briefen elsässischer Reformatoren, welche unser unvergeßlicher Lehrer als ein Vermächtniß von unschätzbarem Werth der hiesigen Landes= und Universitätsbibliothek hinterlassen hat.

Um dieser Gegensätze willen hatte sich gleich im Beginn der Reformation die protestantische Welt in zwei feindliche Lager getheilt, die in Schrift und Wort sich bekämpften. Auf Luther's Seite standen die meisten der norddeutschen Theologen; mit Zwingli hielten es die Schweizer, die Oberländer, und vornehmlich auch die Straßburger. Es war so weit gekommen, daß Luther den Reformator der Schweiz für „einen Unchristen hielt, mit allen seinen Lehren, der siebenmal ärger geworden, denn da er ein Papist war", und seine Anhänger „Schwarmgeister und Rotten" nannte, weil sie nicht, wie er meinte, „einfältiglich und schlicht bei dem buchstäblichen Sinne der Worte Christi blieben".

Zwingli war nicht minder fest davon überzeugt, daß seine Gegner irrten, ja daß sie in einem gewissen Sinne noch „Söhne des Papstthums" seien, die „nach den Fleischtöpfen Aegyptens zurücksahen". In der Bekämpfung ihrer Ansichten war er aber milder als Luther, dem er stets Anerkennung widerfahren ließ. „Es kann kein Mensch sein", sagte er, „der Luther höher achtet als ich." Offenbar that der Streit seinem Herzen weh, und er hätte gern, wenn das Gewissen es ihm erlaubt hätte, des Friedens halber nachgegeben.

Ach! zu jener Zeit wäre es für sämmtliche Evangelischen mehr als je nöthig gewesen, wie ein Mann dazustehen, um der wachsenden Macht des katholischen Kaisers, welche nicht nur den Fortgang, sondern selbst das Werk der Reformation bedrohte, Widerstand zu leisten. Wir sehen wohl einige Männer, welche in dieser kritischen Zeit einen richtigen, weitsehenden, politischen Blick mit dem größten Eifer für die heilige Sache des Evangeliums verbanden: unter den Theologen, vornehmlich Zwingli und die Straßburger, Butzer und Capito; unter den Staats= männern, den Landgraf von Hessen, und Sturm, den Stett= meister von Straßburg. Philipp, dem die Geschichte den Beinamen „der Großmüthige" gegeben hat, schrieb an den Kurfürsten von Sachsen die Worte: „Es ist von nöthen, daß wir uns nicht so lieberlich von einander trennen lassen, obschon unsere Gelehrten um leichter oder sonst disputirlicher Sachen willen, daran doch unser Glauben und Seligkeit nicht gelegen, zweihellig sind." Diese Männer waren überzeugt, daß ein Schutz= und Trutzbündniß sämmt= licher Evangelischen, mit der Hülfe Dänemarks, Vene= digs und Frankreichs, gerade stark genug wäre, Kaiser Karl V. die Stirne zu bieten. Zwingli dachte sogar an nichts Geringeres als „den Pfaffenkaiser, den Pharao" zu stürzen und Philipp von Hessen zum protestantischen Ober= haupt des Reiches zu erheben.

Nicht alle Theologen jedoch stimmten diesem Plane bei. Luther, welcher den Landgrafen spöttelnd „den Bundmacher" nannte, wollte, „daß man in geistlichen Dingen nur mit geistlichen Mitteln wirke, und der Obrigkeit nicht mit Gewalt, sondern nur mit Erkenntniß der Wahrheit widerstehe." Melanchthon befürchtete, daß eine Vereinbarung und engere Verbindung mit den Schweizern die Aussöhnung mit dem Kaiser und dem Papst für immer unmöglich machen würde. Zudem hielt er es für gewissenlos, sich mit denjenigen zu verbinden, deren Lehre man in einem Hauptpunkte verwarf.

Unter solchen Verhältnissen, dachte der Landgraf, muß man zuerst versuchen die Uebereinstimmung in der Lehre herzustellen.

Schon auf dem Reichstage zu Speier, im April 1529, schlug er zu dem Ende ein Religionsgespräch vor, und pflog den ganzen Sommer hindurch mit beiden Parteien, nach links und nach rechts, Unterhandlungen, um dasselbe zu Stande zu bringen. Am meisten Bereitwilligkeit und Eifer zeigten die Straßburger, welche auch hierin ihr zwischen den Parteien vermittelndes Amt, das schon ihre geographische Lage ihnen anwies, unverdrossen ausübten. „Ihr werdet," schrieb Jakob Sturm an Zwingli, „obschon nicht bei dem Gegentheil, doch zum wenigsten bei dem Fürsten viel Nutzen und Gutes schaffen." Zwingli und Oecolampad, der Reformator Basels, sagten freudig zu. Schwer zu gewinnen waren Luther und Melanchthon. „Mit Zwingli zu handeln, hieß es in Wittenberg, ist ganz unfruchtbar. Es ist auch nicht gut, daß der Landgraf viel mit denen Zwinglern zu thun habe; er hat sonst mehr Lust zu ihnen als gut ist." In einem andern „Bedenken" äußerte sich Luther über die Straßburger also: „Ich beruhe darauf, daß ich's mit ihnen nicht halten will, mein Lebenlang, und weiß, daß Zwingel und seine Gesellen unrecht vom Sakrament schreiben." Als die beiden sächsischen Theologen, um sich nicht dem Verdacht der Angst auszusetzen, nicht mehr ausweichen konnten, klagten sie: „Wir sind durch die Böswilligkeit des Landgrafen gezwungen worden." Fast unglaublich ist es, daß Melanchthon seinen Fürsten bat, ihnen den Urlaub zur Reise zu verweigern.

Unter diesen gar wenig Erfolg verheißenden Aussichten, wurde endlich auf Michaelis die Stadt Marburg als Ort der Zusammenkunft bezeichnet, nachdem zuerst Nürnberg und Straßburg vorgeschlagen worden waren.

II. Die Reise nach Marburg und die Ankunft.

Am 3. September, zur Nachtzeit, verließ Zwingli die Stadt Zürich mit einem einzigen Begleiter. Es geschah im Geheimen, weil er befürchtete, daß der um ihn besorgte Rath ihm die Reise verbieten möchte; Ziel und Zweck der=selben verhehlte er sogar seiner Frau. Erst am andern Tage gab er Kunde von sich und seinem Vorhaben; sofort wurde ein Rathsbote ihm zum Geleite nachgesandt, nebst einem Diener und Kriegsknechten. In Basel gesellten sich zu ihnen Oecolampad und ein Rathsherr. Da es für Evangelische gefahrvoll war durch das österreichische Gebiet des Ober-Elsaß zu reisen, fuhr man gemeinschaftlich auf einem Kaufmannsschiffe, in 13 Stunden, den Rhein hinab nach Straßburg. „Man hat uns hier unsäglich Zucht und Ehre bewiesen," rühmte Zwingli. Die Schweizer logirten im Haus des trefflichen Münsterpfarrers Matthäus Zell, dessen Ehefrau Katharina noch in späteren Jahren mit Freuden und mit Stolz erzählte, wie sie während dieses lieben Besuchs 14 Tage lang Magd und Köchin gewesen, und, nach dem Schriftausdruck, den Heiligen die Füße gewaschen. Der Charakter von Maria und Martha, berichtete einer der Gäste, wäre in ihrer Person vereinigt. Sonntags den 12. September, Morgens, predigte Zwingli im Münster über „die erkannte Wahrheit und was man ihr schuldig sei", mit großem Ruhm von Jedermann. Nachmittags predigte Oecolampad über „die neue Kreatur in Christo und den Glauben, der durch die Liebe thätig ist" (Gal. 5, 6). Die Schweizer mußten sich in unserer Stadt gar heimisch fühlen, denn Alles, in Kultus und Lehre, sah reformirt aus wie bei Ihnen. Man zeigte ihnen, unter anderen Merkwürdigkeiten, die Münsterbibliothek, worin Hedio für Zwingli eine Stelle aus Beda venerabilis abschrieb, welche in der Diskussion zu Marburg ver=

werthet werden sollte. Luther rüstete sich seinerseits auf den Kampf, indem er in Wittenberg eine öffentliche Disputation über das Abendmahl halten ließ. Nicht weniger aber als die theologische Streitfrage war die politische Angelegenheit, das Zustandekommen eines „christlichen Burgrechts“ oder Bündnisses zwischen den evangelischen Städten, Gegenstand der in Straßburg gepflogenen ernsten Gespräche. Zwingli schrieb nach Haus, daß man doch diese Sache eifrigst und eiligst betreiben möge; er bat auch „seine Herren“ leihensweise um 20 Kronen, damit er sich ein Pferd kaufen könne. Der Straßburger Magistrat befahl dem Stettmeister Sturm und den beiden Predigern Butzer und Hedio sich ebenfalls reisefertig zu machen.

Am 19. September, es war ein Sonntag, um 6 Uhr Morgens, hatten alle den Fuß im Stegreif und so zog diese „Schaar von Rittern des Geistes“ mit freudigem Muthe zu den Thoren der Stadt hinaus. Fünf Kriegsknechte waren ihnen vom Rath mitgegeben worden. Nach genossenem Morgenimbiß auf dem Straßburgischen Schloß Kochersberg, wurde noch an demselben Tag die ebenfalls der Stadt gehörige Feste Herrenstein, bei Neuweiler, erreicht, wo die Geleitsmannen des Herzogs von Zweibrücken die Reisenden erwarteten. An den folgenden Tagen ging es weiter, über Berg und Thal, durch Abwege und Wälder, aber sicher und heimlich, an Bitsch und Zweibrücken vorbei, nach Hornbach, Lichtenberg, Meißenheim und St-Goar am Rhein. Dort standen 40 hessische Reiter zum Empfange bereit. Rasch wurde die Reise über Brechen, bei Selters, und Gießen nach Marburg fortgesetzt, woselbst man Montags den 27. September, gegen 4 Uhr Abends, wohlbehalten ankam. Der Landgraf bewillkommnete die Theologen in eigener Person, Jeden bei Namen nennend, und bot ihnen die Gastfreundschaft in seinem Schlosse an. Sie waren fast immer zur Tafel des Fürsten geladen; dieser war gar freundlich und gesprächig, bald heiter, bald ernst.

Dienstags hielt Oecolampad eine Predigt über die Worte des Psalms 2: Warum toben die Heiden und die Leute reden so vergeblich?" Am Mittwoch mußte Zwingli die Kanzel besteigen. Unser Hedio, der schon einmal nach der Mahlzeit die „Ermahnung" gehalten hatte, predigte am Donnerstag über den Text: „Stehet im Glauben, seid fest und unbeweglich" (1 Kor. 16, 13). Während dieser Predigt, „die der Hochschule von Marburg sehr wohlgefiel", kamen auch Luther und Melanchthon mit ihren Begleitern an. Ihre Verspätung hatte ihren Grund darin gehabt, daß, ehe sie es wagten die Grenzen des hessischen Landes zu überschreiten, sie noch zuvor einen feierlichen Geleitsbrief begehrt hatten, was der Landgraf ihnen sehr übel nahm.

Nach dem Frühstücke machte Oecolampad den neu Angekommenen seine Aufwartung; deßgleichen Butzer und Hedio.

Als Luther den Brief des mit ihm befreundeten Rechtsge=
lehrten Gerbel von Straßburg, den ihm Hedio überreichte,
gelesen hatte, bemerkte er: „Der schreibt von guten
Leuten; wenn ihr also seid, so steht die Sach' desto
baß." Zu Butzer sagte er lächelnd und mit dem Finger
drohend: „Du aber bist ein Schalk und ein Nebler".
Melanchthon aber redete den Hedio mit dem in der latei=
nischen Sprache ungewöhnlichen Sie an, und sprach: „Es
freut mich sehr Sie zu sehen; Sie sind Hedio."

Ein Professor der Medizin in Marburg, der sich auch
in der Dichtkunst versuchte, Euritius Cordus, begrüßte in
einem lateinischen Gedicht „die erlauchten Fürsten des
Wortes", die zusammen gekommen waren, „den scharffin=
nigen Luther, den freundlichen Oecolampad, den edelmüthigen
Zwingli, den frommen Schnepf, den beredten Melanchthon,
den tapfern Butzer, den treuherzigen Hedio", u. f. w., und
schloß mit den Worten: „Die Kirche fällt euch weinend
zu Füßen, fleht euch an und beschwört euch bei den Ein=
geweiden Christi, die Sache mit reinem Ernst, zum Heile
der Gläubigen zu unternehmen, einen Beschluß zu Stande
zu bringen, von dem die Welt sagen könne, er sei vom
Heiligen Geist ausgegangen."

Zur Charakteristik dieser Kirchenversammlung wird es
nicht unnütz sein, sich das Alter der hier zusammengetre=
tenen Männer zu vergegenwärtigen. Sie standen alle noch

in der Kraft der Jahre; der Jüngste unter ihnen war der Landgraf, welcher nur 25 Jahre zählte; Melanchthon war 32 Jahre alt, Hedio 35, Butzer 38, Jakob Sturm 40; Zwingli und Luther standen in ihrem 46sten und Oecolampad im 47sten Lebensjahr.

Mehrere dieser Männer, namentlich die Häupter der deutschen und der schweizerischen Reformation, Luther und Zwingli, sahen sich in Marburg zum ersten Male von Angesicht. Sie wohnten alle in dem über der Stadt reizend gelegenen fürstlichen Schloß, und wurden ganz „königlich bewirthet". Zur Abhaltung des Religionsgesprächs wurde ein großes, neben dem Schlafgemach des Landgrafen gelegenes Zimmer hergerichtet, und dem Fürsten lag gewiß der Gedanke nahe, daß ein mehrtägiger traulicher Umgang unter einem Dache dazu beitragen könnte, die Gemüther seiner Gäste miteinander auszusöhnen.[1]

III. Die Vorbesprechung.

Herrlich und auch in unseren Tagen beherzigenswerth ist das Gebet, mit welchem Zwingli in den Kampf ging: „Erfülle, du Schöpfer, Herr und Vater Aller, wir bitten

[1] Nach einer theilweisen Zerstörung der Feste „Marburg", im 30jährigen und im 7jährigen Krieg und unter Napoleon I., dienten in unserm Jahrhundert die noch erhaltenen Gebäulichkeiten als Strafanstalt bis 1866, wo das hessische Staatsarchiv in denselben untergebracht wurde.

dich darum, uns mit deinem milden Geiste und vertreibe von beiden Seiten allen Nebel des Unverstandes und der Leidenschaften, wie du die wogenden Gewässer der Sünd= fluth durch deine gewaltigen Winde in die Tiefe getrieben und auf der allernährenden Erde die Fülle der Gewächse und Früchte wieder aufsprießen und reifen ließest. Mach Ende, Herr, dem Streite und dem Zank und der blinden Wuth! Erhebe dich, Christus, du Sonne der Gerechtigkeit und bescheine uns mit deinen milden Strahlen. Ach, während wir streiten, versäumen wir nur zu oft, nach der Heiligung zu ringen, die du von uns Allen forderst. Denn du weißt, o Herr, daß wir nie gebessert aus Weltkämpfen hervorgehen, weil sie Fleischeswerk sind, die Jeden beflecken, der sich darin verflicht, während die Frommen sich der= selben stets zu ihrem Heile entschlagen. Bewahre uns darum, o Herr, vor solchem Streite, damit wir unsere Kräfte nicht darin mißbrauchen, sondern sie mit ganzem Ernste auf das Werk der Heiligung verwenden."

Die ernste Arbeit wurde am 1. Oktober, wie an den folgenden Tagen, in der Schloßkapelle mit einem Gottesdienst begonnen. Zwingli predigte über „die Vorsehung Gottes" in einer nichts weniger als volksthümlichen Weise. „Ach," sagte Luther, „wie bin ich den Leuten so feind, die so viel Sprachen auf der Kanzel einführen, wie Zwingel, der redet Griechisch, Ebreisch und Lateinisch auf dem Predigt=

stuhl zu Marburg." Luther, Butzer, Osiander übernahmen die Predigten bei den nachherigen Frühgottesdiensten.

Es war der Wille des Landgrafen, daß die Theologen zuerst paarweise und in besonderen Zimmern sich unterredeten, „ob doch eine Einigkeit erfunden werden möchte". Es sollte ohne Zeugen geschehen, „um dem Ehrgeiz als Sieger zu erscheinen am füglichsten zu steuern." Damit auch die zwei hitzigsten Kämpen nicht gleich an einander geriethen, hatte der Fürst angeordnet, daß der rechthaberische Luther mit dem gemäßigten Oecolampad, und der zuweilen auch heftige Zwingli mit Melanchthon, dessen Sanftmuth man rühmte, sich besprechen sollten.

Was wurde durch diese weise Vorsorge erreicht?

Ueber die lange Verhandlung, welche Luther mit dem Baseler Prediger hatte, ist nur so viel bekannt, daß nach dem Ausgange derselben Oecolampad klagte: „Ich bin wieder an einen Dr. Eck gerathen," den bekannten hartnäckigen Vertheidiger der römischen Kirche.

Kaum erfolgreicher war das Gespräch der beiden Anderen, obgleich dasselbe nicht weniger als 6 Stunden dauerte. Melanchthon fing mit denjenigen Lehren an, in welchen den Reformirten die Rechtgläubigkeit abgesprochen wurde, nämlich von der Person Christi, der Erbsünde, dem Worte Gottes, der Rechtfertigung. Nachdem man sich so ziemlich hierüber verständigt hatte, kam man an die Lehre vom Abendmahl. Melanch=

thon machte wichtige Zugeständnisse, die sein Gegner sorgfältig niederschrieb und ihm dann wieder zu lesen gab, namentlich: daß in den Sakramentsworten: das ist, nur heißen könne das bedeutet. Ja, die Sache schien im besten Gange zu sein, um zu einer Vereinbarung zu führen, zumal da Melanchthon noch ferner zugab, „daß Christus seinen Leib den Jüngern nicht räumlich, nicht fleischlich in den Mund gegeben habe." Aus den Worten aber, die der Theolog von Wittenberg hinzufügte, „jedoch auf eine gewisse geheim= nißvolle Weise," konnte Jedermann merken wie weit man noch vom Ziele entfernt sei. Zwingli wollte von dieser „geheimnißvollen Weise" nichts wissen. „Es kann dieselbe," behauptete er, „nicht aus der Schrift bewiesen werden." — „Dadurch wird's bewiesen," erwiderte Melanchthon, „daß geschrieben steht: das ist mein Leib und das ist mein Blut;" worauf Zwingli: „Christus kann nicht an vielen Orten zugleich gegenwärtig sein. Er ist aber gen Himmel gefahren." — „Ganz recht, er ist gen Himmel gefahren, auf daß er Alles erfüllete, wie Paulus sagt" (Eph. 4, 10). — „Wohl mit seiner Macht und Kraft," fiel Zwingli in die Rede, „aber nicht mit seinem Leib."

Während dieses Gesprächs betheuerte Melanchthon: „Glaubt mir, mein Zwingli, wenn ich vermochte eurer Meinung beizutreten, ich würde es ohne alle Furcht (vor Luther) offen gestehen." In gleicher Weise äußerte er sich zu Hedio, der ihn auf dem Wege angetroffen und dringendst gebeten hatte, doch dahin arbeiten zu wollen, daß der Zwiespalt ausgesöhnt werde. „Ja, ich werde bemüht sein, daß der Streit nicht mehr überhand nehme, wenn auch nicht Alles ausgeglichen werden könne. Solche Stürme schickt uns Gott um uns aufzurütteln." Butzer, der am demselben Tage viel mit Luther verhandelte, mußte schließlich die Worte hören: „Du bist des Teufels, und so du einen rechten Glauben hast und die Schrift, wirst auch du mich dem Satan über= geben, da ich deine Meinung verwerfe."

Indessen mahnte der Fürst unabläſſig zur Eintracht, „daß ihm die Augen sind übergangen". Als er dann zu seines Gleichen, dem Herzog Ulrich von Württemberg und zum Grafen von Fürstenberg, zurückkehrte, sagte er lächelnd: „Hat mich der Teufel zum Disputirer gemacht!.. Ich will zwar nicht behaupten, daß ich wegen dieser Lehre mein Leben ließe, wenn aber mit einem halben Jahr Krankheit könnte geholfen sein, daß dieser Streit abgethan sei, ich würde es thun." — „Und ich," sprach Fürstenberg, „ich wollte gern den dastehen= den Humpen mit Bier austrinken." — Von den theologischen Händeln auf die weltlichen ablenkend, kam sodann zwischen diesen Herren die Rede auf die Erfindung eines Feuer= werkers von Marburg, in „Futerkugeln" bestehend, welche durch vierschuhige Mauern bringen, dann brennen und wenn sie angehen, bei 100 Stein von sich werfen.

IV. Das öffentliche Gespräch vom 2. Oktober.

Früh Morgens um 6 Uhr wurde das Hauptgespräch eröffnet, zu welchem, außer dem Landgrafen und den Theologen, nur einige Herren von Adel und die Gelehrten von Marburg, im Ganzen 50 bis 60 Personen, Zulaß hatten. Viele Andre aus Deutschland und aus der Schweiz mußten wieder nach Hause reisen, ohne beiwohnen zu dürfen; auch einem Karlstadt, dem ersten Ankämpfer gegen die katholische und lutherische Abendmahlslehre, ward die brieflich nachgesuchte Theilnahme am Gespräch verweigert. Luther und Melanchthon hatten begehrt, daß man „ehrbare Papisten" zu Schiedsrichtern nehme, offenbar damit die Schweizer um so gewisser den Kürzern ziehen sollten; Zwingli hingegen, im Bewußtsein seiner Stärke, hatte die größte Oeffentlichkeit und die Gegenwart eines Notars zur amtlichen Protokollirung des Gesprächs verlangt; keinem dieser Wünsche wurde entsprochen. Es sollte sogar den Zuhörern nicht gestattet sein, Wort für Wort nachzuschreiben, um nicht durch Veröffentlichung dieser Aufzeichnungen Stoff zu weiterem Streite darzubieten. Daß aber dennoch manche Feder während der Unterredungen thätig war, bezeugen die ausführlichen Berichte, die wir über dieselben besitzen. Man ging auch nicht auf den Vorschlag Zwingli's ein, daß man sich der lateinischen Sprache, statt der

schwierigeren deutschen und schweizerischen Dialekte, bedienen
möchte. Das Gespräch wurde also auf Deutsch geführt.

Vor dem Landgrafen, welcher sammt seinem Hofe dem
Kolloquium vom Anfang bis zu Ende beiwohnte, saßen an
einem besonderen Tische Luther, wie ein kurfürstlicher
Hofmann gekleidet, Melanchthon, Zwingli und Oecolampad;
die anderen Gelehrten und Staatsmänner ringsum im
Saale. Der Kanzler Johann Feige dankte den Theologen,
im Namen des Fürsten, daß sie sich eingefunden hätten
und bat sie, „obgleich sie etwas rauh und hart wider
einander geschrieben, jetzt ihre persönlichen Affekte abzu=
legen und nur die Ehre Christi zu suchen, so wie alle
billigen Mittel und Wege, um den so nachtheiligen Zwiespalt
aufzuheben.“ Die geistlichen Herren versprachen, daß sie
freundlich mit einander reden und der Einigkeit mit red=
lichem Sinne nachtrachten wollten, so weit es nur mit
Gott und gutem Gewissen geschehen könne. Denn, fügte
man hinzu, die Eintracht darf nicht mit Unterdrückung
göttlicher und öffentlicher Wahrheit gesucht noch gemacht,
sondern Christi Worte müssen allen andern Sachen vorge=
zogen werden.

Luther, der zuerst das Wort erhielt, erklärte unum=
wunden, seine Meinung stehe auf das Festeste, er wolle
sie nicht ändern, sondern Zeit seines Lebens dabei blei=
ben. Diesen Ausspruch bekräftigte er, indem er mit Kreide

und mit großen Buchstaben die Worte vor sich auf den
Tisch schrieb: „Hoc est corpus meum" (Dies ist mein
Leib). „Er habe, sagte er, zum Gespräch eingewilligt, um
von seinem Glauben Rechenschaft zu geben und anzuzeigen
worin die Anderen irrten." Er fing auch gleich an, den Re=
formatoren von Zürich, Basel und Straßburg das Sünden=
register irriger Lehrmeinungen, in Bezug auf die Dreieinig=
keit, die Gottheit Christi, die Erbsünde, aufzudecken und
vorzuhalten. „Mir werfen sie ja auch vor, sagte er, daß
ich über das Fegfeuer und die Rechtfertigung durch den
Glauben nicht recht lehre." Luther fand, wie es scheint, daß
Melanchthon diese Angelegenheit in der stattgehabten Privat=
unterredung zu rasch und zu mild abgehandelt hatte, und
begehrte ausdrücklich daß man vor Allem von diesen Artikeln
rede. — Zwingli und Oecolampad erklärten hingegen, sie
wünschten, daß man zuerst von der Hauptsache, dem Nacht=
mahl handle, weßwegen man zusammen gekommen sei. „Wir
sind aber bereit, sagten sie, später auch noch die anderen Artikel
vorzunehmen, in denen wir übrigens recht lehren, wie unsere
Bücher und die Kirche es bezeugen." Luther war's zufrieden,
protestirte aber nochmals daß er mit den Büchern der
Reformirten nicht übereinstimme. „Ich will das ausdrücklich
bemerkt haben, damit man daheim nicht sage: ich habe das
Maul nicht dürfen aufthun." Dann forderte er seine Gegner
auf zu beweisen, daß wenn es heißt: Das ist mein

Leib, der Leib Christi nicht da sei. „Ich will weder Ver=
nunftgründe noch geometrische oder mathematische Beweise
anhören."

Oecolampad: Nun so will ich von solchen Gründen
schweigen; was steht aber im 6ten Kapitel bei Johannes
geschrieben? Dies erklärt alle anderen Stellen von des
Herrn Nachtmahl, und ist nicht buchstäblich, sondern bildlich
zu nehmen, gleich wie die Aussprüche Jesu: „Ich bin ein
Weinstock", was unmöglich etwas anderes heißen kann, als
er bedeute einen Weinstock; „der Same ist das Wort
Gottes" und noch viele andere.

Luther: Es sind allerdings viele bildliche Reden in
der Schrift; aber daß hier eine sei, daß Leib für
Zeichen des Leibes stehe, das muß bewiesen werden.
Bringt nicht so viel Dinge vor, die man schon längst weiß.
Der geistliche Genuß des Leibes Christi schließt den leib=
lichen nicht aus.

Oec.: In den Worten: „das Fleisch ist nichts nütze,
der Geist aber macht lebendig" (Joh. 6, 63), verwirft
Christus das fleischliche Essen.

Luther: Das meint ihr; wir sagen nicht daß der Leib
Christi grobmündlich gegessen werde wie Fleisch und Brod
in einer Schüssel oder wie ein Schweinebraten. Wenn ich
aber behaupte, daß ich seinen Leib im Abendmahl empfange,
so meine ich eine erhabene, geistliche Nießung. Auf Gottes

Befehl einen Strohhalm aufheben, mit Wasser taufen, ist auch etwas gemeines, und doch wieder eine geistliche Handlung; nur müssen wir nicht achten auf das was gesagt wird, sondern auf den, welcher spricht. Wenn Gott etwas sagt, so muß man es glauben, selbst wenn er sagen würde, daß ein Hufeisen sein Leib sei. Reden wir vom Leib des Herrn, so verstehen wir's von dem zur Rechten Gottes erhöhten Christus. Ich würde gern eure Meinung annehmen, ihr bringet aber einen losen Verstand zu der Sache. Der Fürst wolle mir verzeihen, daß ich nicht anders kann. Nun redet Ihr.

Oec.: Wenn wir den Leib Christi geistlich genießen, was brauchen wir noch das mündliche Essen?

Luther: Ich frage nicht was nothwendig ist oder nicht. Es steht einmal geschrieben: Nehmet hin und esset, das ist mein Leib. Das muß man thun und glauben, daß es so ist. Man muß es thun, man muß es thun! Wenn Gott mich hieße Mist essen, so thäte ich's auch, wohl wissend daß es mir nützlich wäre. Man muß hier die Augen schließen.

Oec.: Wo steht's denn geschrieben, daß wir mit geschlossenen Augen in der Schrift wandlen müssen, mein Herr Doktor?

Luther: Derselbe der gesagt hat: „Das Fleisch ist kein nütze", hat auch gesagt: „nehmet, esset das ist mein Leib."

Oec.: Man muß die Schrift mit der Schrift vergleichen, eine Stelle durch die andere erläutern..... Ich bleibe bei meiner Meinung und Stelle.

Luther: Und ich bleibe bei meinem Text.

Zwingli ergriff nun das Wort: „Es ist nicht recht, Herr Doktor! daß ihr von vornherein erklärt: Ihr wollt und würdet nicht weichen, bis man euch durch eine Schriftstelle beweise, daß in den Sakramentsworten eine bildliche Rede sei. Haben wir auch keine Stellen anzu= führen, welche dies ausdrücklich sagen, so fehlt es uns doch nicht an solchen, wo Christus von dem mündlichen Essen seines Leibes abmahnt, und wir sind eben hier, um diese Stellen mit einander zu untersuchen und zu prüfen. Ihr erkennet ja selber an, daß nur in der geistlichen Nießung ein Trost liegt. Sind wir in diesem Punkte, welcher die Hauptsache ist, einig, so möge man doch die Eintracht her= stellen. Die Kirchenväter, obgleich sie in Bezug auf diese Lehre auch uneins waren, haben sich deßhalb einander nicht verdammt!" Hier zog Zwingli sein Neues Testament her= vor, das er mit eigner Hand geschrieben und immer bei sich trug, und las auf Griechisch aus dem Evangelium Johannis (6, 52) die Worte: „Wie kann der uns ∙ sein Fleisch zu essen geben?" Die unpassenden Beispiele tadelnd, welche Luther gebraucht hatte, fuhr Zwingli also fort: „Nein, solches befiehlt uns Gott nun und nimmermehr, sondern nur was zu unserm Besten und zu unserm Heil gereicht. Gott ist Wahrheit und Licht, und er führt die Seinen nicht in Finsterniß, und darum ist er weit davon entfernt uns zu sagen: das ist mein Leib. Die Seele ist ein Geist und wird mit Geist und nicht mit Fleisch gespeist. Nehmet mir, so schloß er, diese Bemerkungen nicht übel, ich auch wünsche nichts sehnlicher als Frieden und aufrichtige Freund=schaft. Ich habe fürwahr das Angesicht Luther's und Me=lanchthon's mit Freuden gesehen."

Luther: Auch ich will gern alle Gereiztheit um Gottes und um des Fürsten willen bei Seite setzen. Daß ihr aber wie Brüder wollet gehalten werden, davon werden wir später sprechen.... Höret, Fleisch, Fleisch, heißt es. Wenn mir Gott faule Aepfel, Hutzel zum Essen vor=legte, ich würde es nehmen, und auch geistig genießen können. Ihr habt eure Glossen (Erklärungen), meinet's gut; an dem ist's aber nicht gelegen. Gott muthet uns zuweilen Unbegreifliches zu, wie z. B. der Jungfrau Maria.

Zwingli: Wie viele bildlichen Redensarten kommen aber in der Schrift vor! wie oft brauchen die Propheten das Wörtlein ist im Sinne von bedeutet! Melanch=thon gibt es selber zu. Ihr verwerfet unsre Glossen, wir die eurigen. Christus sagt nicht: „ich werde sichtbar bei euch sein." Es ist auch nicht wahr, daß Gott uns Ver=nunftwidriges zu glauben gibt ... Das Sakrament ist ein

Zeichen, eine sinnbildliche Handlung, wodurch die Gläubigen bezeugen, daß Christus für sie gestorben ist. Wie kann es zum Trost der Seele gereichen, daß wir den Leib Christi in den Mund empfangen? wie kommen diese disparaten Dinge zusammen? Wie kann ein solch großes Werk durch die Hände böser Priester gehen?

Luther: Ihr seid auf dem Holzwege: wir behaupten ja nicht, daß der Leib Christi vermöge unsrer Worte in das Brod komme, sondern es geschieht durch die Einsetzungsworte, aus Kraft göttlicher Ordnung und Befehl, ob ich selber ein Bub oder ein Schalk sei. Es ist Gottes Werk, wie in der Taufe. Die Summe des Glaubens ist: es gebührt uns nicht an dem Worte unsres lieben Gottes herumzudeuteln. In Vielem steht der Verstand still. Es soll uns aber genügen, daß es heißt: das ist mein Leib.... Da kann der Teufel nit für. Wollte ich zu verstehen suchen, ich fiele vom Glauben ab, ich würde zum Narren darob. Ihr seht hier eine Redefigur... warum nicht auch in der Himmelfahrt Christi? Da eure Gründe so schwach sind, so weichet doch, gebet Gott die Ehre und glaubet den lauteren, dürren Worten Gottes: Das ist mein Leib.

Zwingli: Auch wir ermahnen euch, daß ihr Gott die Ehre gebet. Ihr wollt mich auf andere Dinge verlocken; ich bin und bleibe aber bei meiner Stelle. Ihr wiederholt ja immer dasselbe, Herr Doktor! ihr werdet mir noch anders singen müssen.

Luther: Ihr redet gehässig.

Zwingli: Ich frage nochmals, was hat Christus im 6. Kapitel bei Johannes sagen wollen?

Luther: Herr Zwingel! Ihr wollet's überboldern. An euch ist's eure Sache zu beweisen, nicht an mir. Der Ort Johannes 6, mit dem ihr mir immer kommt, paßt gar nicht hierher. Es nimmt mich Wunder, daß ihr diesen Spruch vorbringet, da ihr wohl wisset, daß Christus da= selbst nicht vom Abendmahl redet, sondern vom Glauben. Eure ganze Beweisführung beruht auf einem Trugschluß.

Zwingli: Nein, nein, Herr Doktor, dieser Ort bricht euch den Hals.

Luther der diese Worte anders verstand, wurde noch heftiger und rief: „Rühmt euch nicht zu sehr! Die Hälse brechen nicht also. Ihr seid in Hessen und nicht in der Schweiz. Sparet die stolzen, trotzigen Worte, bis ihr heim zu euren Schweizern kommt, wo nicht, so will ich euch auch über die Schnauze fahren, daß es euch gereuen wird dazu Ursach gegeben zu haben."

Zwingli erklärte nun die Redensart, welche seinen Gegner so sehr in Harnisch gebracht hatte: „Im Schweizer= land hält man auch gut Gericht und bricht man Niemand wider Recht die Hälse. Es ist aber eine Landesart bei uns also zu reden, um zu sagen daß Einer eine verlorene Sache habe." Darauf wurde er still und eingezogen. Der Fürst selber mußte Luther beschwichtigen.

Der Morgenimbiß unterbrach glücklicher Weise das Gespräch, welches sich so plötzlich und in so bedenklicher Weise erhitzt hatte.

Nachmittags kamen noch die schwäbisch-fränkischen Prediger Brentz und Osiander an. Als die Diskussion wieder eröffnet wurde, war Zwingli der erste Sprecher. Er fing an Stellen aus einer Predigt Luther's und aus den Kommentaren Melanchthon's vorzulesen, um zu zeigen, daß diese Theologen im Grunde mit ihm übereinstimmten. „Es handelt sich jetzt nicht darum," entgegnete Luther, „was ich oder Melanchthon geschrieben habe. Beweiset ihr, bei den Worten: das ist mein Leib, daß es nicht der Leib Christi sei. Wir behaupten nicht, daß derselbe unsren Leib nähre wie eine andere Speise, sondern daß er ihn, Kraft des Sakramentswortes, verwandle."

Mit ermüdenden Wiederholungen und Abschweifungen auf Nebenpunkte wurde das Gespräch noch stundenlang fortgesetzt. Nachdem wir aber das Haupttreffen des Vormittags ausführlich genug geschildert haben, um, wie wir hoffen, ein klares Bild davon zu geben, können wir im Folgenden uns kürzer fassen.

Luther pochte unaufhörlich auf den Buchstaben der Heiligen Schrift und auf die Kraft der Sakramentsworte. „Diese Worte, behauptete er, bringen den Leib Christi in die Hostie." — „Wenn aber der Feiernde unwürdig ist?" wandte Zwingli ein. — „Darauf kommt es nicht an, wir können nicht wissen, wer fromm oder gottlos ist." — „Gebt Acht," rief Zwingli, „dies ist päpstlich."

Die Schweizer ihrerseits stützten sich fest auf die Gründe aus der Vernunft, und auf „ihre eherne Mauer und Schild", das 6te Kapitel bei Johannes (namentlich auf die Verse 51 und 67), was die Gegner ungehalten „eine alte Leier" nannten.

Oecolampad nahm auch aus dem Gespräch mit Nikodemus den Beweis, daß der Glauben allein und nicht mündliches Essen zur Seligkeit diene. Luther, um die Antwort nicht verlegen, erwiderte: Der rechte Glaube ist auch Glauben an den im Brode gegenwärtigen Christus.

Es fehlte sodann nicht an spitzfindigen Erörterungen über die verschiedenen Redefiguren, Metapher, Synekdoche, u. s. w. Luther verglich, unter Anderem, die Gegenwart Christi im Brod des Abendmahls mit dem Schwert in der Scheide, und mit dem Bier in der Kanne, was den Schweizern sehr anstößig erschien.

Da Oecolampad darauf bestand, daß der Leib des Herrn dem unsrigen ähnlich sein müsse, sintemal Christus in Bezug auf seine Menschheit, die Sünde ausgenommen, in Allem uns gleich geworden (Phil. 2, 7), so erlaubte sich Luther den Witz: „So muß Christus auch ein Weib und schwarze Aeuglein gehabt haben und in teutschem Land gewohnt haben wie wir." Mit gleichem Humor bemerkte einmal der Schweizer: „Wenn Jesus in der Hostie ist, so sind auch der große Christoffel und alle Heiligen darin, da Christus gesagt hat: Wo ich bin, da soll mein Diener auch sein."

Als die Gegner auf die „Absurditäten" in Luther's Vorstellung hinwiesen, berief sich dieser auf andere Glaubensartikel, die nicht weniger thöricht scheinen, wie z. B. die Menschwerdung Gottes im Schooße einer Jungfrau, und wiederholte seinen Hauptsatz: „Es liegt mir wenig an, ob etwas gegen die Natur, wenn es nur nicht gegen den Glauben ist."

Während dieser Unterredung hob Luther die Sammetdecke auf, zeigte die auf den Tisch geschriebenen Worte, und sprach: „Allhier steht unsre Schrift, meine allerliebsten Herren. Die habt ihr uns noch nicht abgedrungen, wie ihr euch erboten habt. Ich kann wahrlich nicht vorüber. Der Leib Christi muß da sein, da, da . . ." Durch diese Worte aufgebracht sprang Zwingli von seinem Sitze auf.

Zweimal forderte Luther Melanchthon auf, an seiner Stelle zu antworten, denn „er habe sich müde gewaschen". Der Freund aber kam nicht zu Hülfe und verharrte in seinem Stillschweigen. Hatte er doch von vornherein nicht nach Marburg kommen wollen. Man sah auch den gelehrten Professor über die Aussprache des Schweizers lächeln, als dieser aus dem Neuen Testament griechisch vorlas. „Leset's deutsch oder latein," rief ihm gleichfalls Luther zu, „nit griechisch." Zwingli antwortete auf Latein, daß er seit 12 Jahren an das griechische Exemplar gewöhnt sei. Man solle es ihm nicht übel nehmen.

Die Zwinglianer, meinte Luther, hätten e i n gutes Argument vorgebracht, nämlich den Ausspruch Jesu: „Arme habt ihr immer bei euch, mich aber nicht."

Der verstandesscharfe und schlagfertige Zwingli ruhte nicht; er glaubte seinen Gegner in die Enge treiben zu können, indem er immer wieder die Beweisführung aufnahm, daß der Leib Christi, wenn er die Eigenschaften eines Leibes hat, an irgend einem Ort sein müsse.

„Ich will nichts vom Ort hören," wehrte sich Luther, „ich will's nicht gehabt haben, ich will's nicht. Die Allmacht Gottes geht über die natürliche Vernunft."

In großer Aufregung rief Zwingli: „Was ist aber das? muß man denn gerade das, was ihr wollt?" —

Damit endigte das Gespräch vom Sonnabend. Keiner war um ein Haar breit von seinem Standpunkt gewichen, keiner dem Andern näher gekommen.

V. Der zweite Gesprächstag. — Der Antheil der Straßburger.

Mit einem Muth und einer Beharrlichkeit, die nicht anders als bewundert werden können, nahm man das Gespräch, Sonntags den 3. Oktober, wieder auf. Neue Beweisgründe von Bedeutung kamen jedoch nicht vor; waren doch die Meisten in dem Federkrieg, der seit Jahren währte, beiderseits schon vorgebracht worden.

An den Schluß der vorigen Diskussion anknüpfend, legte Zwingli dar, daß der Leib Christi begränzt, folglich an einem bestimmten Ort sein müsse. — „Gott kann machen," entgegnete Luther, „daß ein Leib, auch mein Leib, nicht an einem Ort sei. Der Himmel, das Weltall ist auch ein Körper, und doch an keinem bestimmten Ort. Die Sophisten (Philosophen) geben mir hierin recht."

Zwingli: Es steht euch, Herr Doktor, übel an, daß ihr zu den Sophisten fliehen müßt. Der Sophisten achte ich gar nicht. Ob aber der Himmel an keinem Ort sei, das gebe ich den Verständigen zu ermessen.... Was hat übrigens der Himmel mit dem Leib Christi zu schaffen? Beweiset mir, daß der Leib Christi an vielen Orten zugleich sei.

Luther: Damit beweise ich's, daß geschrieben steht: das ist mein Leib. Das Sakrament wird an vielen Orten genossen; da man in demselben nicht allein Brod genießt, sondern den wahren Leib Christi, so ist folglich der Leib Christi an vielen Orten.

Hierauf warf Zwingli seinem Gegner vor, daß er sich in einem Zirkelschluß bewege und seinen Satz durch etwas beweise, das erst noch bewiesen werden müsse. „Ist Christus im Brod, setzte er hinzu, so ist er da als an einem Ort. Da hab ich euch, Herr Doktor!"

Luther: Er sei an einem Ort oder nicht, das befehle ich Gott. Es genügt mir, daß Christus sagt: das ist mein Leib.

Zwingli: Eure Antwort ist ein häderiger Zank. Mit demselben Recht könnte ein Streitsüchtiger vorbringen, daß Jesus am Kreuz zu seiner Mutter gesagt hat: „Sieh das ist dein Sohn!" und würde nicht hören wollen, wenn man ihm auch genugsam erklärte, es sei vom Apostel Johannes die Rede, sondern immer nur schreien: „Nein, nein, ihr müßt mir die Worten bleiben lassen, die lauten dürr und klar: Sieh deinen Sohn, sieh deinen Sohn, sieh deinen Sohn!" Was ist aber dies für eine Beweisführung? Also thut ihr, Herr Doktor, auch. Sagt uns doch heiter heraus: Ist der Leib Christi an einem Ort?

Der schwäbische Reformator Brenz fiel ein: „Er ist ohne ein Ort." Zu derselben Behauptung nahm auch Luther seine Zuflucht.

Oecolampad sprach: „Aus euren Worten, daß der Leib Christi im Sakrament sei nicht als an einem Ort, schließen wir, daß er nicht leibhaftig da ist, nicht als ein wahrhafter

Leib, dessen Eigenschaft ist an einem Ort zu sein. Und habt ihr also eure Lehre vom Sakrament selber läz gestellt."

Hier hieß der Landgraf die Streitenden aufbrechen, um sich an seiner Tafel durch Speise und Trank zu stärken.

Die Diskussion des Nachmittags, an welcher fast nur Luther und Oecolampad sich betheiligten, trug dasselbe Gepräge, wie die vorhergehenden.

Der schweizerische Theolog drang unablässig, aber freund= lichst, in Luther, daß dieser ihm doch erklären möge, wie der Leib Christi im Sakrament sei. Wenn nicht räumlich, nicht wie an einem Ort, wie denn? Und rückte somit dem Gegner immer näher auf den Leib.

Luther aber, der nach Marburg mit dem Vorsatz ge= kommen war „schlechterdings nicht zu weichen", blieb unbieg= sam hinter dem Bollwerke des Buchstabens verschanzt. „Die Schrift sagt nichts gegen uns," behauptete er, „und die ganze Christenheit nimmt mit uns an und bekennt: Gott könne außer dem Raume handeln... Wohl ist das Abend= mahl das Zeichen eines heiligen Dings; daß es aber ein bloßes Zeichen sei, das ist mir schwer anzunehmen."

„Das Sakrament ist für uns nicht ein bloßes Zeichen," erwiderte Oecolampad, „auch wir nehmen an, daß der Leib Christi in demselben d u r c h d e n G l a u b e n gegen= wärtig sei."

Man schien hiermit sich um etwas genähert zu haben; klar war es aber nicht. Beide Theile deuteten die Worte in verschiedenem Sinne.

Die Aussprüche der Kirchenväter über das Abendmahl, namentlich diejenigen Augustin's, welche für und wider in reichlichem Maße angeführt wurden, brachten auch nicht mehr Licht in die Sache. „Wir höreten ihnen, erzählt ein Ohrenzeuge, schier den ganzen Tag zu, bis sie die Stellen aus den Kirchenvätern suchten, lasen und verteutschten, was gar langweilig zu hören war." Luther bemerkte, daß Augustin noch jung gewesen sei, als er die Worte schrieb, die gegen seine Ansicht geltend gemacht wurden, und daß dieselben dunkel seien oder gar nicht vom Abendmahl handelten. Dieser Bischof warne übrigens selbst davor, daß man seine Schriften wie Evangelien ansehe. Den alten Lehrern solle man auch nur Glauben schenken, insofern sie mit dem Worte Gottes übereinstimmten. — „Wir selber," erklärte Oecolampad, „messen den Kirchenvätern keine allzugroße Wichtigkeit bei. Wir führen sie nur deßhalb an, damit man männiglich sehe, daß wir nicht eine neue Lehre haben. Wir bauen nicht auf sie, sondern auf das Wort Gottes."

Schließlich konnten beide Theile sich des Gefühls nicht mehr erwehren, daß es besser wäre die Unterredung abzubrechen. Den Anfang dazu machte Luther, indem er sagte: „Weil ihr nicht auf meine Meinung und Seite treten könnt, so erkläre ich, daß, so wie unser Text euch nicht beugt, es uns ebenso geht mit euren Erörterungen. Ich für mein Theil bleibe bei meinem Glauben und kann nicht weichen."

Zwingli: Wir haben denn doch angezeigt, daß wir nicht leichtfertig, noch ohne Ursache und große Bewegung, auf unsre Meinung gekommen sind.

Luther: Wir wissen es allzu wohl, daß ihr groß Ur= sache gehabt; die Sache ist aber darum nicht besser... Wollt ihr noch weiter etwas vorbringen? — „Nein, antworteten die Schweizer, da ihr die vorgebrachten Gründe nicht habt annehmen wollen, so werdet ihr das Nachfolgende noch viel weniger annehmen."

Der Kanzler Feige mahnte abermals zum Frieden und bat die Gottesgelehrten, Mittel und Wege zu suchen, um einig zu werden. — „Ich weiß kein anderes Mittel," erwiderte Luther, „als daß sie Gottes Wort die Ehre geben und glauben mit uns."

Die Schweizer hingegen bestanden darauf, daß s i e die Gegenwart des Leibes Christi im Abendmahl weder begreifen noch glauben könnten.

Da sagte Luther kurz: „So wollen wir euch fahren lassen und dem gerechten Gerichte Gottes befehlen, der wird es wohl finden, wer Recht hat."

Oecolampad konnte sich nicht länger mehr halten: „Wir wollen dasselbe auch thun und euch fahren lassen."

Luther, als ob er, von dieser Antwort betroffen, einge=
sehen hätte daß er zu weit gegangen, wurde freundlicher,
dankte Oecolampad, daß er genau und gründlich seine
Meinung dargestellt, und dankte auch Zwingli, „der etwas
herber gewesen," und bat ihn: er wolle ihm verzeihen,
wenn er selber heftig gegen ihn gewesen sein sollte. „Er
Luther sei eben auch von Fleisch und Blut."

„O nehmt doch, flehte Oecolampad, nehmt, um Gottes
Willen, Rücksicht auf den betrübten Zustand der Kirche."

Zwingli richtete ebenfalls an Luther die Bitte: er
möge ihm seine Herbheiten zu gut halten, und bezeugte,
feuchten Auges und bewegter Stimme, wie er von jeher
die Freundschaft der Wittenberger sehnlichst gewünscht habe
und noch suche. „Wahrlich, betheuerte er, es gibt in ganz
Frankreich oder Italien keine Männer, die ich lieber zu
sehen gewünscht habe als euch."

„Bittet Gott, daß er euch bekehre," sprach Luther mit
der früheren Härte. Oecolampad gab ihm diese Ermahnung
zurück: „Bittet auch ihr Gott, denn ihr habt dessen ebenso
von nöthen."

Jetzt erhob sich der hochangesehene Vertreter Straßburgs,
Jakob Sturm von Sturmeck, und wandte sich an den Land=
grafen Philipp mit den Worten: „Gnädiger Herr! Doktor
Luther hat im Anfang dieses Gesprächs Einiges vorgebracht,

welches einer Stadt Straßburg zu Unehren könnte gedeutet werden, wie nämlich bei uns nicht richtig über die Dreifaltigkeit, die Person Christi und andere Artikel des Glaubens gepredigt werde. Wenn ich, der ich durch Rathsbeschluß mit zwei unsrer Prediger hierher gesandt bin, hier schwiege und diese Anklage unverantwortet ließe, so müßten wir mit zwei oder vier aufgebürdeten Irrthümern statt einem (in der Abendmahlslehre) nach Hause gehen. Ich bitte daher Eure Herrlichkeit, Martin Butzern zu erlauben, auf die Vorwürfe zu antworten und dieselben zu widerlegen."

Nach kurzer Berathung wurde Letzterem das Wort gestattet. Butzer legte summarisch die Lehre der Straßburger über die angefochtenen Punkte dar. Dann begehrte er von Luther, daß dieser Zeugniß gebe, ob diese Lehrweise recht sei oder nicht. — „Traun nein!" sprach Luther, „was bekümmert's mich, wie ihr in Straßburg lehret. Ich habe eure Predigten nicht gehört. Ich will nicht euer Lehrmeister sein, ihr habt meine Schriften und mein Bekenntniß... Man sieht es allzu gut, daß ihr nichts von uns gelernt habt; wir möchten auch ungern solche Jünger haben." Darauf fragte Butzer, ob Luther ein Bruder sein wolle zu ihnen oder ob er dächte, daß sie irreten; so möge er's anzeigen, damit man es verbessere. Aber auch das verweigerte Luther hartnäckig und sprach: „Ich bin euer Herr nicht, euer Richter nicht, euer Lehrer auch nicht; so reimt sich unser

Geist und euer Geist nicht zusammen, sondern es ist offen=
bar, daß wir nicht einerlei Geist haben. Ich überliefere
euch dem Gerichte Gottes." Nicht allein der Fürst, sondern
auch die anderen Zuhörer mißbilligten laut diese Lieblosig=
keit. Allein mehrmals noch mußten die Schweizer und die
Straßburger aus Luther's Mund die Worte hören: Ihr
habt einen andern Geist, denn wir.

VI. Der Ausgang der Verhandlungen. — Die Entstehung der Marburger Bekenntnißschrift. — Die Heimreise.

Was sollte der Landgraf unter diesen Umständen an=
fangen? Er hatte sich vorgenommen, die Theologen nicht
zu entlassen „ehe etwas gewisses vom Nachtmahl des Herrn
erörtert und beschlossen oder der eine oder der andere Theil
überwunden sei". In Marburg aber herrschte seit einiger
Zeit eine aus England kommende pestartige Krankheit,
bekannt unter dem Namen „das große Sterben" oder „der
englische Schweiß", welche Deutschland wie ein Feuer durch=
strich und täglich zahlreiche Opfer forderte. Es war deß=
halb nicht räthlich, so viele ihren Kirchen und Gemeinden
unentbehrliche Rüstzeuge noch länger in der schreckenvollen
Stadt aufzuhalten. Ehe der Landgraf jedoch dieselben
entließ, versuchte er nochmals ob nicht, auf dem anfangs
schon eingeschlagenen Wege der Privatunterhandlungen,
Etwas zu Gunsten der Eintracht erreicht werden könnte.

Zuerst bot er, am 4. Oktober, seine Gäste einzeln auf sein Zimmer. Stundenlang unterhielt sich der 25jährige Jüngling mit den Männern, welche als die gelehrtesten und die frömmsten ihrer Zeit angesehen wurden, drang in einen Jeden, flehte, mahnte, warnte auch, wie man es nur von einem reiferen Alter erwartet hätte. „Der fromme Fürst, berichtet Martin Butzer, hat alles aufgeboten um die Eintracht unter uns herzustellen, die w i r von Gottes= und Rechtswegen bei Anderen die Eintracht zu schaffen verpflichtet sind." Die landgräflichen Räthe waren in derselben Weise thätig.

Sodann mußten die Theologen mit einander sich besprechen; Luther und Melanchthon traten mit den Schweizern zusammen; Butzer und Hedio mit Brentz, Osiander und Jonas. Als Hedio auch zu Luther gerufen wurde, erinnerte der geschichtskundige Straßburger unter Anderm daran, daß die abend= und morgenländischen Kirchen dereinst, trotz ihrer Spaltung, zum Zeichen der Gemeinschaft sich das Brod der Eucharistie zugesandt hatten. „Ihr vergesset," antwortete Luther, „daß der gegenwärtige Händel unendlich größer ist." Ueber seine Unterredung mit Melanchthon theilt Hedio mit: „Wenigstens sagte und that dieser, als ob er's versuchen wollte die Sache zur Vereinigung zu bringen."

Als die Schweizer und die Straßburger darum baten,

daß man sie als Brüder, d. h. als Glieder e i n e r Kirche annehmen und halten möge, wie sie selber zu thun sich bereit erklärten, wies sie Luther unerbittlich ab, obendrein noch höhnisch erklärend: „es nehme ihn Wunder, daß sie ihn, dessen Lehre vom Sakrament sie für falsch hielten, als einen Bruder erkennen wollten. Sie müßten wohl selbst nicht viel auf ihre Lehre halten." Er wollte ihnen wohl Liebe und Freundschaft gewähren, keineswegs aber Brüderschaft oder kirchliche Gemeinschaft, woran, als Vorbedingung des erstrebten politischen Bündnisses, es den Oberländern gerade am meisten gelegen war. „Lieber Herr Käth, schrieb Luther an seine Ehefrau, wisset, daß unser freundlich Gespräch ein Ende hat. Heute handelt der Landgraf ob wir könnten eins werden, oder doch gleichwohl, so wir uneins bleiben, dennoch uns als Brüder und Christi Glieder unter einander halten. Da arbeitet der Landgraf heftig. Aber wir wollen des Brüderns und Gliebers nicht, friedlich und gut wollen wir wohl." Doch hören wir auch was Martin Butzer, in einem Brief an den Constanzer Prediger Blaurer, über diese Angelegenheit Merkwürdiges berichtet: „Es hat dem Herrn gefallen, daß Luther und die Seinen, ich weiß nicht von welchem Geiste getrieben, keine andere Eintracht mit uns haben wollten, als sie mit den Türken und Juden haben; daß es dahin kam, dazu hat Melanchthon beigetragen, indem er vor allen Andren auf das Hartnäckigste gegen uns schürete. Als Luther einmal drauf und dran war, die Hand zu reichen, hat er ihn sofort zurückgezogen. Philippus ist eben dem Kaiser und Ferdinand hold." Daß Melanchthon die Gunst Karls V. und des Königs Ferdinand einer Aussöhnung mit den schweizerischen Republikanern bei weitem vorzog, und zwar, wie er glaubte, im Interesse des deutschen Protestantismus, das wußte der scharfsinnige Straßburger Prediger wohl; er stand deßhalb auch nicht an, Melanchthon für das Mißlingen der Unterhandlungen verantwortlich zu machen. Ein tiefer Schmerz erfüllt seine Seele so oft er daran zurückdenkt, welche Rolle dieser Mann, in dem er sonst „ein ausgezeichnetes Werkzeug Gottes" erblickte, in Marburg gespielt hat. „Denn, fragt er, was kann ärger sein, als der Eintracht der Kirche also zu widerstehen, wie Melanchthon zuerst auf dem Reichstag zu Speier, dann in Marburg gethan hat. Gott gebe ihm einen besseren Geist [1] !"

Beim gemeinschaftlichen Mittagsmahl wiederholte der Landgraf seine Friedensermahnungen. Luther sprach vor und nach der Mahlzeit das Gebet; „arme Schüler" standen nach damaliger Sitte um die Tische herum und antworteten mit einem deutschen Vater-Unser. Als man an die Bitte

---

[1] Briefe Butzer's an Ambrosius Blaurer, vom 18. Oktober 1529, 26. Januar und 4. März 1530 (im Archiv des St-Thomasstiftes).

kam: „Geheiligt werde dein Name!" setzte Luther hinzu: „und daß unser Name für Tausend Teufel verdammt werde[1]!" Die Wittenberger wünschten, daß Hedio einige Zeit in ihrer Stadt zugebracht hätte. Es folgte mancherlei Unterhaltung, z. B. über die Gelehrten und wer der Gelehrteste in der Versammlung sei. Melanchthon sprach von Plato und den Philosophen, Luther von der Einfalt der Kinder; er war ziemlich heiter. Als von Erasmus, dem gelehrten Gegner der Reformation, die Rede war, meinte Luther: Erasmus würde im Tod verzweifeln. Gleich nach dem Essen kam Fürstenberg, der das Wort anführte: der Mensch wird durch den Glauben und nicht durch die Werke gerecht. Einer der Gäste erinnerte an das Sprichwort: „der ist ein feiner Mann, der aus Holder Abbrechen[2] machen kann", damit wollte er wahrscheinlich sagen, wie schwer es sei Theologen verschiedener Meinung unter einen Hut zu bringen.

Der Landgraf hatte dies ja zur Genüge erfahren müssen. So dürften aber dennoch, erklärte er, seine Gäste nicht

[1] In derselben ihm eigenen Weise äußerte sich Luther ein anderes Mal: „Ich bitte, man wolle meines Namens geschweigen, und sich nicht Lutherisch, sondern Christen heißen. Was ist Luther? Ist doch die Lehre nicht mein; wie käme denn ich armer Madensack dazu, daß man die Kinder Christi sollte mit meinem heillosen Namen nennen. Nicht also. Lasset uns tilgen die parteiischen Namen, und Christen heißen." (Treue Vermahnung an alle Christen. 1522. Luther's Werke, Ausgabe Walch, Bd. X, Seite 420.)

[2] Das heißt Lichtputzen, zum Abbrechen des Dochts.

auseinander gehen und damit die Zusammenkunft nicht ganz unfruchtbar sei, ergriff er noch in der letzten Stunde ein Mittel, welches die Schweizer ihm angerathen hatten, es sollte nämlich „zur Verhütung weiterer Irrthümer und Uneinigkeit" eine gemeinsame Bekenntnißschrift aufgesetzt werden.

Luther, dem diese Arbeit übertragen wurde, setzte sich an dieselbe mit den Worten: „Ich will die Artikel auf's Aller= beste stellen, sie werden sie doch nicht annehmen." Er täuschte sich, denn die 15 Vergleichs=Artikel, die er in deutscher Sprache verfaßte, wurden noch an demselben Tage, nach ei= nigen wenigen Wortveränderungen und Erläuterungen, von Allen angenommen und unterschrieben und erschienen am anderen Tage schon im Druck. Butzer sagte zwar später: „Wir würden, wenn wir die Feder geführt hätten, Manches anders ausgedrückt haben," aber so groß war die Friedens= liebe der Oberländer, daß sie in manchen Punkten sich fast zu nachgiebig zeigten. Es kam ihnen wenig an auf die menschliche Form und Ausdrucksweise, in welcher göttliche Wahrheiten gefaßt werden sollten.

Die 14 ersten Artikel, über welche man sich verständigte, handelten von der Dreieinigkeit, von der Erbsünde, dem Glauben, der Rechtfertigung, dem Worte Gottes, der Taufe, u. s. w. Die Abweichungen von dem römischen Bekenntniß und von den wiedertäuferischen Sekten wurden sorgfältig vermerkt; ein 15ter Artikel aber, das Abendmahl betreffend, ließ die ganze Verschiedenheit der Auffassung unter ihnen selbst bestehen. Man war darin einstimmig, daß der wahre Leib und das wahre Blut Christi geistlich genossen werde, aber nicht in der Frage, „ob Christus auch leiblich im Brod und Wein sei". Die Einigung hierüber sollte der weiteren Erleuchtung durch den heiligen Geist überlassen bleiben.

Der großmüthige Fürst war es, der es noch durchsetzte, daß in diesen Artikel der Satz aufgenommen wurde: „Ein Theil soll gegen den anderen christliche Liebe erweisen." Die sächsischen Theologen aber begehrten die Bedingung hinzuzufügen „so viel es das Gewissen eines Jeden erlauben kann", und obgleich der Landgraf inständig bat, daß man diese Worte weglasse, weil ja keines Christen= menschen Gewissen darin etwas Bedenkliches finden könne, christliche Liebe zu erweisen, bestanden sie hartnäckig auf ihrer Forderung.

Beide Theile gelobten in Gegenwart des Fürsten, nichts gegen einander zu schreiben ohne gegenseitige Mittheilung und Bewilligung, den Frieden zu lieben, zänkisches Wesen und Aergerniß zu verhüten. Dies war auch Alles, was erreicht wurde, und half wenig, denn nur zu bald begann wieder das „heftige und scharfe Schreiben".

Die Zeitgenossen, scheint es, hatten sich die Zusammen= kunft der Theologen viel sturmvoller erwartet; sie würden

sonst nicht hervorgehoben haben, wie leutselig das Ge=
spräch verlief, wie man keine andere Anreden vernahm als:
Liebster Herr, Ew. Liebden, und wie von einer Spaltung
oder Ketzerei kein Wort erwähnt wurde, so daß man hätte
meinen sollen, Luther und Zwingli wären Brüder, und
nicht Widersacher. Nur einer der Berichterstatter nennt das
Gespräch einen sehr hitzigen Kampf.

Bemerkenswerth ist das Urtheil, welches ein Anhänger
Luther's über die Theilnehmenden abgibt: „An Zwingli
ist etwas bäurisches und stolzes; Oecolampad ist von be=
sonders gutem und freundlichem Gemüth; Hedio hat nicht
minder Freundlichkeit und guten Kopf; Butzer hat ver=
schlagene Fuchsart; sie sind alle gelehrte Leute."

Am 5. Oktober reichte man sich freundschaftlich die Hand
zum Abschied, woraus wir aber nicht schließen dürfen, daß
die Gemüther ausgesöhnt waren. In früher Morgenstunde
ritt der edle Fürst von seiner Bergfeste herab und verließ
Marburg, mit dem schmerzlichen Gefühl in der Seele, daß
er um eine große und schöne Hoffnung ärmer gewor=
den. In Wittenberg zurückgekehrt, unterdrückte Luther so
gut er konnte seinen Mißmuth, und rühmte nachher in einer
Predigt und in Briefen, daß seine Gegner sich unglaublich
gedemüthigt hätten und widerlegt worden seien. Die Letz=
teren schrieben sich gleichfalls den Sieg zu. Der Graf
Wilhelm von Fürstenberg gab den Oberländern das Geleit

bis hinauf gen Straßburg. Diese durch Herzens= und
Geistesgemeinschaft verbundenen Männer besprachen sich
auf der achttägigen Reise noch viel darüber, wie sie nun
ferner die Sache des Evangeliums vertheidigen und retten
möchten. Nach einer Abwesenheit von sechs Wochen und
drei Tagen langte endlich Zwingli wieder in Zürich an,
wo böse Zungen ausgebreitet hatten, daß der Teufel ihn
geholt habe. Bei aller Betrübniß über den Mißerfolg
seiner Sendung nach Marburg tröstete sich der Gottesmann
mit dem Bewußtsein, „daß er rein vor Gott gehandelt
habe. Die Nachwelt, hoffte er, wird es bezeugen." Zwei
Jahre später hauchte er auf dem Schlachtfeld von Kappel
seine edle Seele aus.

Schluß.

Man hat sich gefragt, ob der Ausgang der Marburger
Tage ein anderer gewesen wäre, wenn die herrschende Pest
nicht zur Eile und zum Abschluß gemahnt hätte, so daß
„die Sache zu kurz erörtert wurde". Wir glauben es nicht.
Melanchthon hatte gewiß Recht, wenn er behauptete, daß
„die Gemüther zu beiden Theilen des Sieges zu viel begierig
gewesen seien". Es ist nur allzu wahr, daß Luther von
Natur keinen Widerspruch ertragen konnte und seine Ab=
neigung gegen Zwingli, den Ausländer, nie überwunden hat.
Letzterer war aber der Mann nicht, der sich durch einen

Anderen, er mochte geistig noch so groß sein, einschüchtern ließ; in oft derber und schonungsloser Weise hatte Zwingli seinen Gegner schon seinen Widerwillen fühlen lassen.

Allein die Ursache des Mißlingens der in Marburg gepflogenen Unterhandlungen lag noch tiefer. Sie ist darin zu suchen, daß dort zwei scharf ausgeprägte Ueberzeugungen sich gegenüber standen, und Männer auf einander stießen, die aus ganz verschiedenen Lebensbeziehungen hervorgetreten und eine ganz andere geistige Entwicklung durchgemacht hatten. Luther war in einer unbegrenzten Ehrfurcht vor dem allerheiligen Sakrament aufgewachsen und verblieb darin sein Leben lang; ihn verließ nie eine tiefe Pietät gegen das Althergebrachte und durch Erfahrung ihm Liebgewordene. Auf's Lebhafteste empfand er stets ein Bedürfniß nach etwas Geheimnißvollem in der Religion, und nach einem gewissen Pfand der Sündenvergebung; dies Zeichen und Pfand glaubte er aber sonst nirgends zu finden als im Abend=mahl, in der Gegenwart des wahren Leibes und Blutes. Dazu kam noch eine eigenthümlich gestaltete Auffassung der Person des Erlösers, welche in der Lehre von der Allge=genwart der menschlichen Natur Christi gipfelte. — Zwingli's religiöse Grundanschauung hingegen war eine mehr nüchterne, aller Zauberei und allem Aberglauben in den kirchlichen Handlungen abhold. Die Gewißheit des Heils fand er in der unbedingten Gnade Gottes und bewies überhaupt in der Behandlung der heiligen Schrift mehr Verständniß und einen richtigeren Sinn. Es war in der That ein anderer Geist[1]. Gleichwie der deutsche Reformator acht Jahre früher zu Worms mit den Worten aufgetreten war: „Hier stehe ich, ich kann nicht anders," so hatte er vor der Reise nach Marburg erklärt: „Ich weiß das wohl, daß ich ihnen schlecht nicht weichen werde, kann auch nicht, weil ich so ganz für mich gewiß bin." Auch Zwingli konnte und wollte nicht anders als der Wahrheit, wie er sie erkannt hatte, die Ehre geben. Es schien demnach wie die Forderung einer geschichtlichen Nothwendigkeit gewesen zu sein, daß man sich nicht verständigte.

Es ist dies immerhin tief zu bedauern. Wir wollen uns nicht daran aufhalten, daß die römische Kirche eine wohl begreifliche Schadenfreude darüber empfand, daß ihre Widersacher nicht hatten einig werden können. Einer ihrer Theologen, der durch seine groben Streitschriften bekannte Cochläus, goß seinen Spott über „die zehen armen Butzer"[2] aus, „die in Uneinigkeit von einander geschieden seien und doch meinten, sie wollten die Welt erobern". Ein eben so unschädlicher als wohlfeiler Witz. Viel bedenklicher war es,

1 Luther war ein altkatholischer Mann, kein modern protestantischer, ungeachtet der größte Reformator. Irgend einen bestimmten Rest von Magie wollte er schlechterdings zurückbehalten im Christenthum. (R. Rothe, Kirchengeschichte, Bd. 2, S. 334.)

2 Butzer, eine verächtliche Bezeichnung.

daß das Bündniß der Evangelischen nicht zu Stande kam gerade in der Zeit, wo denselben von Außen her größere Gefahren droheten. Die Theilnehmer des Marburger Gesprächs waren noch nicht in ihrer Heimath angekommen, als Karl V. die Gesandten der deutschen Reichsstände und Städte, welche ihm die Speierer Protestation überbrachten, in Placenz schimpflich behandelte und verhaften ließ, und somit auf das Unzweideutigste seine Gesinnung gegen die „Ketzer" zu erkennen gab. Der Frieden war bereits mit Frankreich geschlossen. Kurz darauf kam ein Vertrag zwischen dem mächtigen Kaiser und Venedig zu Stande. Im Februar 1530 empfing Karl V. die römische Krone aus den Händen des Papstes und leistete den Schwur, daß er der katholischen Kirche und ihrem Oberhaupt alle ihre Besitzthümer, Ehren und Rechte vertheidigen wollte. Dies Alles verhieß nichts Gutes für die Protestanten. Endlich ist es leicht einzusehen, daß durch das Scheitern des ernsten Vereinigungsversuchs in Marburg alle späteren Bestrebungen ähnlicher Art erschwert wurden. Noch lange Jahre hindurch verbrauchte man leider eine kostbare Kraft im unseligen Abendmahlsstreit.

Wer wollte aber verkennen, daß das Gespräch zu Marburg auch gute Früchte getragen hat? Es führte einen Waffenstillstand herbei und der Bruch zwischen Evangelischen und Evangelischen wurde einstweilen noch verkleistert. Zudem

kam in den Marburger Vergleichs=Artikeln die Zusammen=
gehörigkeit des deutschen und des außerdeutschen Prote=
stantismus zum ersten Mal zum Ausdruck. In diesen
Artikeln, welche auf dem am 16. Oktober 1529 zu Schwa=
bach gehaltenen Konvent umgearbeitet wurden und den
Grundstock der Augsburgischen Konfession bildeten, ist im
Wesentlichen ein Glauben und ein Bekenntniß ausge=
sprochen, durch welches Lutheraner und Reformirte gegen
die gemeinsamen Feinde, Rom und die Sekten, Front
machten.

Der Landgraf konnte schreiben: „Wir sind allesammt
Eins im Glauben und bekennen Einen Christum," und
Zwingli: „Auch diese gute Frucht haben wir von diesem
Kolloquium getragen, daß, nachdem wir in den übrigen
Lehren der christlichen Religion uns geeinigt, die Päpstler
sich keine Hoffnung mehr machen dürfen, Luther werde zu
ihnen zurücktreten." Auf der andren Seite mußte man an=
erkennen, daß Zwingli sich entschieden von den „Rotten=
geistern" und Wiedertäufern losgesagt hatte.

Das Gespräch brachte den Reformirten noch einen
anderen Nutzen; ihre Lehre, weil sie bekannter wurde,
machte von nun an raschere Fortschritte in Deutschland.
Wenn der Landgraf Philipp, am Schlusse des Gesprächs,
sagte: „Nun will ich den einfachen Worten Christi mehr
glauben als den spitzfindigen Erklärungen der Menschen,"

so war dies offenbar zu Gunsten der Schweizer und der Straßburger gemeint, deren Ansichten dem Fürsten natür=licher und faßbarer erschienen. Er ersuchte sogar Zwingli nach Marburg überzusiedeln und daselbst die kirchliche Or=ganisation Hessens in die Hände zu nehmen.

Von den Theologen, welche für die reformirte Lehre gewonnen wurden, nennen wir, unter Anderen, Lambert von Avignon, der früher unter dem Einfluß Luther's stand, jetzt aber an einen Freund in Straßburg schrieb: „Ich hatte mir fest vorgenommen bei der Erforschung der Wahr=heit auf dem Gespräch zu Marburg nicht darauf zu achten, was Dieser oder Jener sagte, sondern darauf, was vorge=bracht würde, ohne irgend eine Vorliebe für den Einen oder den Andern. Weg mit allen Menschen, weg mit Luther, damit sie dir nicht ein Hinderniß der Erkenntniß seien, welche nur von Gott allein kommen soll... Ich wollte sein wie ein weißes unbeschriebenes Blatt, auf welches der Finger Gottes allein seine Wahrheit verzeichnen sollte. Er hat nun die Lehren, die Zwingli aus dem Worte Gottes entwickelte und vertheidigte, in mein Herz ge=schrieben."

Ebenso wurden die Straßburger Prediger durch den näheren Umgang mit den Schweizern und mit dem Land=grafen in ihren Ansichten gestärkt, die sie nun auch, zum großen Aerger der Anhänger Luther's in ihrer Stadt, un=

verhohlen vor dem Volke in Schrift und Wort aussprachen [1].
Sie gaben deßhalb ihr Unionswerk nicht auf.

Allein in dem Bestreben die Lehrunterschiede zu mildern,
selbst auf Unkosten der Klarheit und Wahrheit, bereiteten
sie, ohne es zu wollen, in Straßburg den Boden, auf dem
das Lutherthum Wurzel fassen und sich entfalten konnte.
Während die geistlichen und weltlichen Vertreter der Stadt,
auf dem Augsburger Reichstag von 1530, noch ihr Sonder=
Bekenntniß, die Tetrapolitana, aufstellten, worin sie von der
lutherischen Abendmahlslehre abwichen, so vollzog sich in
den folgenden Jahren, hauptsächlich aus politischen Rück=
sichten, zuerst der äußerliche Anschluß an die lutherische
Kirche und sodann die innere Umwandlung in Lehre und
Leben.

Der Geist der Wahrheit läßt sich aber nicht dämpfen.

Wer weiß nicht, daß auch bei uns in Stadt und Land
die reformirte Auffassung vom Abendmahl wieder auf=
gekommen ist und täglich um sich greift. Unaufhaltsam
wächst die Zahl derjenigen, denen sowohl das religiös
erleuchtete Gewissen als eine bessere Schrifterkenntniß

---

[1] Die hinterlassenen Schriften und der Briefwechsel dieser Män=
ner, so wie die Zeugnisse ihrer Gegner erlauben hierüber keinen
Zweifel; man sehe, z. B. die Schrift des eifrigen Lutheraners
Johannes Pappus, IV. Defensio contra D. Sturmium. 1581. Seite 4;
D. Tossanus, Trostschrift. 1578. §. 4, und dessen Verantwortung.
1580. Seite 6; die Straßburger Kirchenordnung. 1598. Seite 22.

die ernstlichsten Bedenken gegen die leibliche Gegenwart Christi im Abendmahl eingeflößt hat, und die nunmehr in dieser heiligen Handlung nichts anderes erblicken, als die dankbare Feier des Todes Jesu durch die Gemeinde, verbunden mit dem heiligen Gelübde, ihm zu leben und einander als Glieder Eines Leibes zu lieben. Diese f r e i e r e n Christen haben sich mit ihrem Vorkämpfer Zwingli einfach gefragt: „Geist und Essen, wie reimt sich dies?" und stimmen dem so schönen und wahren Ausspruch Oecolampad's bei: „Die ächte Speise der Menschen ist die Erkenntniß der Wahrheit."

In dem Fortgang der Jahre näherte sich Melanchthon selber der reformirten Ansicht vom Abendmahl, und auch Luther ward milder, obgleich er seinen Standpunkt nie aufgab. Bemerkenswerth ist eine Mittheilung, welche Melanchthon eines Tages zwei vertrauten Freunden machte, und die, nach dem eigenhändig aufgesetzten und eidlich betheuerten Zeugnisse des einen Ohrenzeugen, des Predigers Hardenberg, folgendermaßen lautet: „Ehe Luther nach Eisleben zog, wo er starb, hat er Melanchthon zu sich gefordert und ihm gesagt: „Lieber Philipp, ich muß bekennen, in der Sache des Abendmahls ist viel zu viel gethan." — Melanchthon antwortete: „Herr Doktor, so lasset uns eine Schrift stellen, daß die Sache gelindert werde, daß die Wahrheit bleibe und die Kirchen wieder einträchtig werden." Darauf Doktor Luther: „Ja lieber Philipp, ich habe oftmals daran gedacht, aber so würde die ganze Lehre in Verdacht kommen; ich will's dem allmächtigen Gott befohlen haben. Thut ihr auch etwas nach meinem Tode."

Was die einzelnen Menschen nicht thun, das vollzieht die Zeit. Die Gegensätze mildern sich; die evangelische Wahrheit bringt siegreich durch. Wir gehen einer Zukunft entgegen, wo auch dieser Lehrstreit, wie so mancher andere, geschlichtet und klarer erkannt werden wird, daß das Wesen des Christenthums in keiner vermeintlichen Rechtgläubigkeit, sondern in einem wahren lebendigen Glauben und in einem geheiligten Wandel bestehe, und daß, über den einzelnen Lehren, es hauptsächlich auf das innere Leben in Gott durch Christum ankomme.

Wird nicht auch wahre Duldsamkeit gegen Andersdenkende als die reife Frucht einer solchen besseren Erkenntniß hervorgehen?

Deutschlands großer Reformator würde heute, wir glauben es fest, die Bruderhand nicht mehr verweigern, sondern seine Stimme mit derjenigen Zwingli's, des einstigen Gegners, vereinigen, wenn dieser, in seinem Gebet um Frieden, mahnt, die Kräfte nicht im Streite zu mißbrauchen, sondern sie mit ganzem Ernste auf das Werk der Heiligung zu verwenden.

Frömmigkeit und Frieden, darauf weist ja vor Allem das Mahl des Herrn hin, als die Erinnerungs=feier des für uns erlittenen Kreuzestodes, und die sinnbildliche Darstellung der Gei=stes= und Lebensgemeinschaft aller Gläu=bigen in Christo.

Straßburg, Druck von J. H. Ed. Heitz.